CB138691

APRENDENDO A VIVER

IMAGENS

OBRAS DE CLARICE LISPECTOR

Perto do coração selvagem, romance
O lustre, romance
A cidade sitiada, romance
A maçã no escuro, romance
A paixão segundo G.H., romance
Uma aprendizagem ou
o livro dos prazeres, romance
Água viva, romance
A hora da estrela, novela
A bela e a fera, contos
Laços de família, contos
A legião estrangeira, contos
Felicidade clandestina, contos
Onde estivestes de noite, contos
A via crucis do corpo, contos
De corpo inteiro, entrevistas
Para não esquecer, crônicas
A descoberta do mundo, crônicas
Aprendendo a viver, crônicas
Correspondências, cartas
Aprendendo a viver – imagens, citações
Outros escritos, coletânea
O mistério do coelho pensante, infantil
A mulher que matou os peixes, infantil
A vida íntima de Laura, infantil
Quase de verdade, infantil
Como nasceram as estrelas, infantil

CLARICE LISPECTOR

APRENDENDO A VIVER

IMAGENS

Edição de texto
TERESA MONTERO

Edição de fotografia
LUIZ FERREIRA

Rocco

© Clarice Lispector e herdeiros de Clarice Lispector, 2005

Direitos desta edição reservados à
EDITORA ROCCO LTDA.
Av. Presidente Wilson, 231 – 8º andar
20030-021 – Rio de Janeiro, RJ
Tel.: (21) 3525-2000 – Fax: (21) 3525-2001
rocco@rocco.com.br
www.rocco.com.br

Printed in Brazil/Impresso no Brasil

CIP-Brasil. Catalogação na fonte.
Sindicato Nacional dos Editores de Livros, RJ.

L753a Lispector, Clarice, 1920-1977
Aprendendo a viver – Imagens/Clarice Lispector; edição de texto: Teresa Montero; edição de fotografia: Luiz Ferreira. – Rio de Janeiro: Rocco, 2005.

il.

ISBN 85-325-1896-6

1. Lispector, Clarice, 1920-1977 – Citações. I. Montero, Teresa, 1964-. II. Ferreira, Luiz. III. Título.

05-1379 CDD-869.98
CDD-821.134.3(81)-8

Mas eu não sabia que se pode tudo, meu Deus!

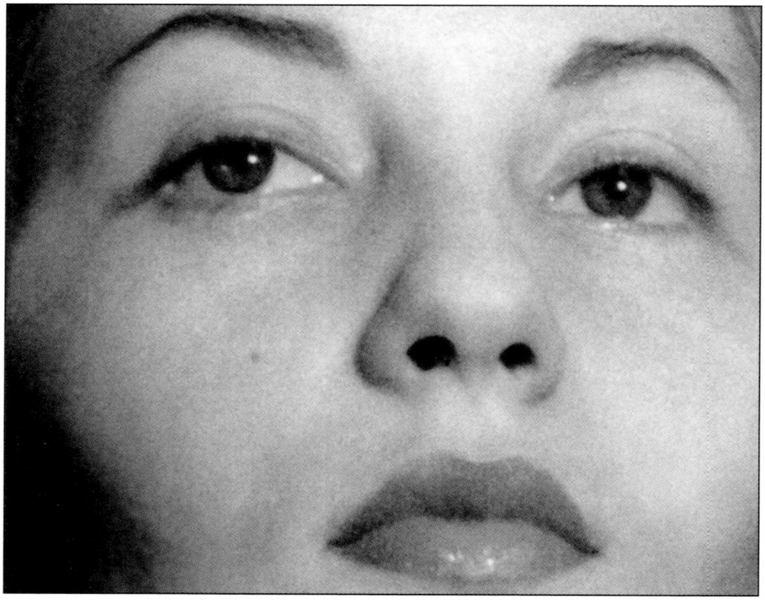

Se uma pessoa fizesse apenas o que entende,
jamais avançaria um passo.

O presente é o instante em que a roda do automóvel
em alta velocidade toca minimamente no chão.
E a parte da roda que ainda não tocou,
tocará num imediato que absorve
o instante presente e torna-o passado.
Eu, viva e tremeluzente como os instantes,
acendo-me e me apago, acendo e apago, acendo e apago.

Atrás do pensamento – mais atrás ainda – está
o teto que eu olhava enquanto infante.
De repente chorava. Já era amor.
Ou nem mesmo chorava. Ficava à espreita.
A perscrutar o teto. O instante é
o vasto ovo de vísceras mornas.

Pelas plantas dos pés subia um estremecimento de medo,
o sussurro de que a terra poderia aprofundar-se.
E de dentro erguiam-se certas borboletas batendo
asas por todo o corpo.

Podia-se ficar tardes inteiras pensando. Por exemplo: quem disse pela primeira vez assim: nunca?

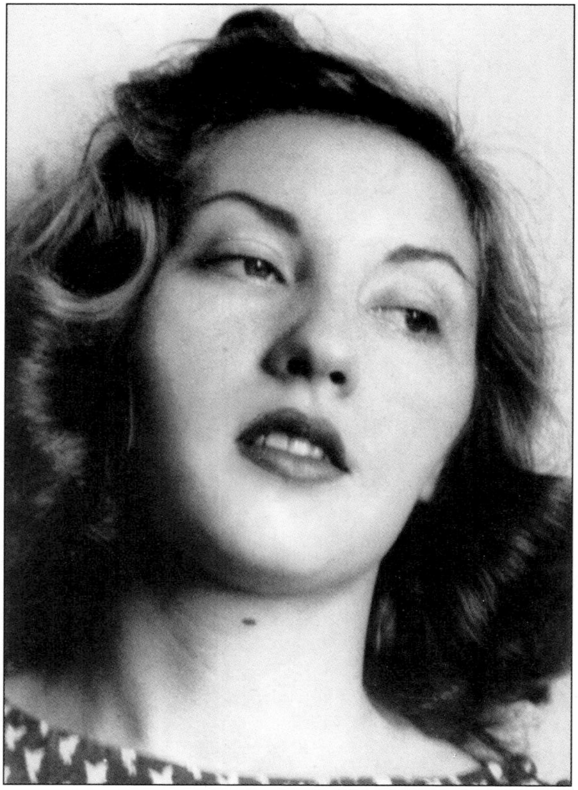

Não nos temos entregues a nós mesmos, pois isso seria o começo de uma vida larga e nós a tememos.

Saudade é um pouco como fome. Só passa quando se come a presença. Mas às vezes a saudade é tão profunda que a presença é pouco: quer-se absorver a outra pessoa toda. Essa vontade de ser o outro para uma unificação inteira é um dos sentimentos mais urgentes que se tem na vida.

Você de repente não estranha de ser você?

O que saberás de mim é a sombra da flecha
que se fincou no alvo. Só pegarei inutilmente
uma sombra que não ocupa lugar no espaço,
e o que apenas importa é o dardo.
Construo algo isento de mim e de ti
– eis a minha liberdade que leva à morte.

Vou continuar, é exatamente da minha natureza
nunca me sentir ridícula, eu me aventuro sempre,
entro em todos os palcos.

A revelação do amor é uma revelação de carência –
bem-aventurados os pobres de espírito porque
deles é o dilacerante reino da vida.

Dez é como domingo. A gente pensa que domingo é o fim da semana passada, não é? Mas já é o começo da outra. A gente pensa que dez é o fim de nove, não é? Mas já é o princípio de onze.

Esperança é como o girassol que à toa se vira em direção ao sol. Mas não é à toa: virar-se para o sol é um ato de realização de fé.

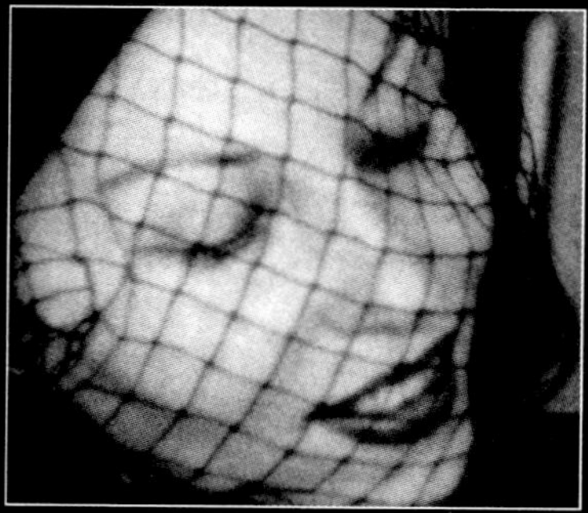

A pessoa devia deixar-se inundar pela alegria aos poucos –
pois era vida nascendo. E quem não tivesse força
de ter prazer, que antes cobrisse cada nervo com
uma película protetora, com uma película de morte
para poder tolerar o grande da vida.

Não temos sido puros e ingênuos para não rirmos de nós mesmos e para que no fim do dia possamos dizer "pelo menos não fui tolo" e assim não ficarmos perplexos antes de apagar a luz.

As árvores cresciam como se não houvesse no mundo
senão árvores crescendo. Até que o sol escureceu,
gente se aproximou, poços se multiplicaram e
os mosquitos saíam do coração das flores:
estava-se crescendo.

Quando estivesse mais pronta, passaria de si para os outros, o seu caminho era os outros. Quando pudesse sentir plenamente o outro estaria a salvo e pensaria: eis o meu porto de chegada. Mas antes precisava tocar em si própria, antes precisava tocar no mundo.

Quero escrever movimento puro.

Eu, gazela espavorida e borboleta amarela.
Eu não passo de uma vírgula na vida.
Eu que sou dois pontos. Tu, és a minha exclamação.
Eu te respiro-me.

É. Eu me acostumo mas não me amanso. Por Deus! Eu me dou melhor com os bichos do que com gente. Quando vejo o meu cavalo livre e solto no prado – tenho vontade de encostar meu rosto no seu vigoroso pescoço e contar-lhe a minha vida. E quando acaricio a cabeça de meu cão – sei que ele não exige que eu faça sentido ou me explique.

Escrevo-te em desordem, bem sei. Mas é como vivo.
Eu só trabalho com achados e perdidos.

A minha alma está quebrantada pelo desejo.

Ah, milhares de pessoas não têm coragem
de pelo menos prolongar-se um pouco mais
nessa coisa desconhecida que é sentir-se,
e preferem a mediocridade.

Meu Deus, só agora me lembrei que a gente morre.
Mas – mas eu também¿! Não esquecer
que por enquanto é tempo de morangos.
Sim.

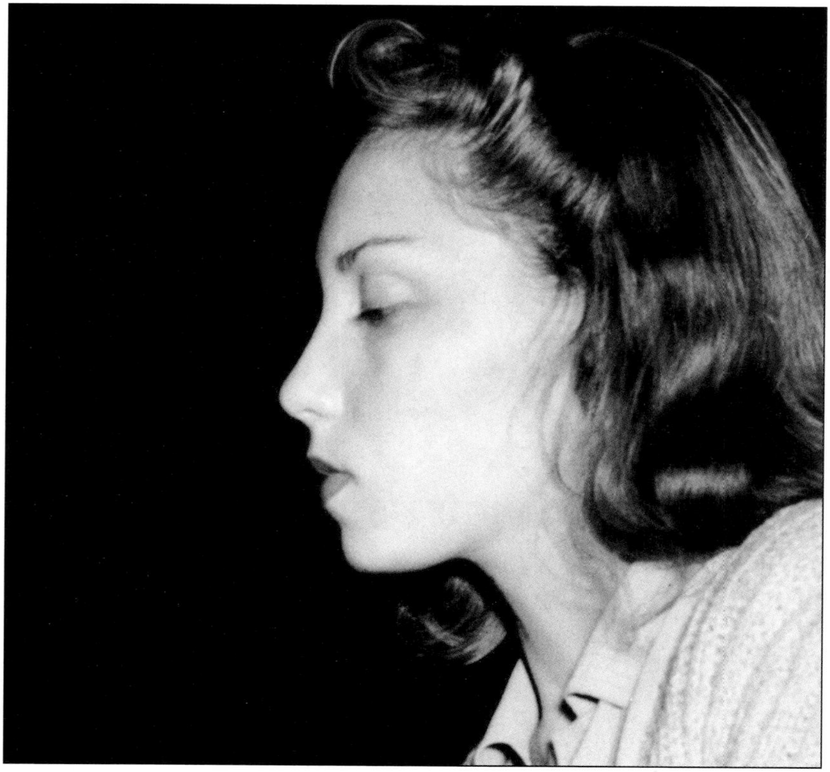

Eu sinto uma beleza quase insuportável e indescritível.
Como um ar estrelado, como a forma informe,
como o não-ser existindo, como a respiração esplêndida
de um animal. Enquanto eu viver terei de vez em quando
a quase-não-sensação do que não se pode nomear.
Entre oculto e quase revelado. É também um desespero
faiscante e a dor se confunde com a beleza
e se mistura a uma alegria apocalíptica.

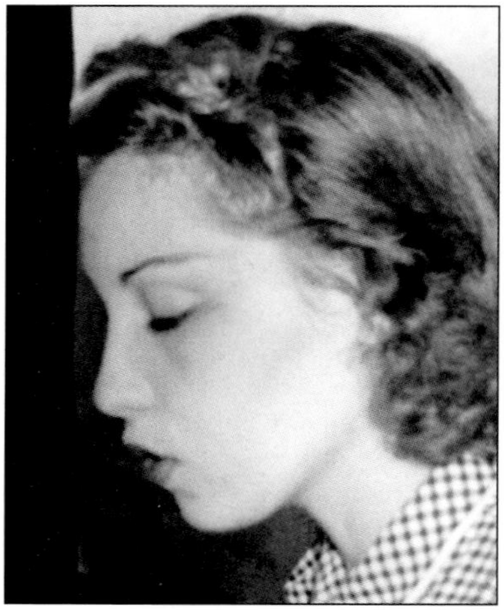

Olha para mim e me ama.
Não: tu olhas para ti e te amas.
É o que está certo.

A explicação de um enigma é a repetição
do enigma. O que És e a resposta é: És. O que existes?
E a resposta é: o que existes. Eu tinha a capacidade
da pergunta, mas não a de ouvir a resposta.
Não, nem a pergunta eu soubera fazer. No entanto,
a resposta se impunha a mim desde que eu nascera.
Fora por causa da resposta contínua que eu,
em caminho inverso, fora obrigada a buscar
a que pergunta ela correspondia. Então eu me havia
perdido num labirinto de perguntas, e fazia
perguntas a esmo, esperando que uma delas
ocasionalmente correspondesse à da resposta,
e então eu pudesse entender a resposta.

Não se pode falar do silêncio como se fala da neve.
O silêncio é a profunda noite secreta do mundo.
E não se pode falar do silêncio como se fala
da neve: sentiu o silêncio dessas noites?
Quem ouviu não diz. Há uma maçonaria do silêncio
que consiste em não falar dele e de adorá-lo sem palavras.

Parambólica – o que quer que queira dizer essa palavra.
Parambólica que sou. Não me posso resumir porque
não se pode somar uma cadeira e duas maçãs.
Eu sou uma cadeira e duas maçãs. E não me somo.

Respeite a você mais do que aos outros, respeite suas exigências, respeite mesmo o que é ruim em você – respeite sobretudo o que você imagina que é ruim em você – pelo amor de Deus, não queira fazer de você uma pessoa perfeita – não copie uma pessoa ideal, copie você mesma – é esse o único meio de viver.

Eu te conheço até o osso por intermédio
de uma encantação que vem de mim para ti.
Só há uma coisa que me separa de você:
o ar entre nós dois. Às vezes para ultrapassar
esse quase cruel afastamento, eu respiro
na tua boca que então me respira e
eu te respiro. Mas só por um único instante,
senão sufocaríamo-nos: seria o castigo
que se recebe quando um tenta ser o outro.

Tem que haver sinos na minha vida!
Multidão de sinos reboando maravilhas
no oco do ar; assim: badalão! Badalaão!

Passei a minha vida tentando corrigir os erros que cometi na minha ânsia de acertar. Ao tentar corrigir um erro, eu cometia outro. Sou uma culpada inocente.

Liberdade é pouco. O que desejo ainda não tem nome.

Oh a riqueza de envelhecer, quanto mais se envelhecia,
mais desconhecido era o passado.

NÃO haverá nenhum espaço dentro de mim para
eu saber que existe o tempo, os homens, as dimensões,
não haverá nenhum espaço dentro de mim para notar
sequer que estarei criando instante por instante,
não instante por instante: sempre fundido, porque então
viverei, só então viverei maior do que na infância,
serei brutal e malfeita como uma pedra, serei leve
e vaga como o que se sente e não se entende,
me ultrapassarei em ondas.

Depois chegara à conclusão de que ela não tinha
um dia-a-dia mas sim uma vida-a-vida. E aquela
vida que era sua nas madrugadas era sobrenatural
com suas inúmeras luas banhando-a
de um prateado líquido tão terrível.

Existir é tão completamente fora do comum que se a consciência de existir demorasse mais de alguns segundos, nos enlouqueceríamos. A solução para esse absurdo que se chama "eu existo", a solução é amar um outro ser que, este, nós compreendemos que exista.

Agüenta eu te dizer que Deus não é bonito.
E isto porque Ele não é nem um resultado
nem uma conclusão, e tudo o que a gente acha
bonito é às vezes apenas porque já está concluído.
Mas o que hoje é feio será daqui a séculos
visto como beleza, porque terá completado
um de seus movimentos.

E das plantas vinha um cheiro novo, de alguma coisa que se estava construindo e que só o futuro veria.

Mas o que é verdadeiramente imoral é
ter desistido de si mesma.

Amar os outros é a única salvação individual
que conheço: ninguém estará perdido se der amor e
às vezes receber amor em troca.

Lembrou-se de que mulher é mais que o amigo
de um homem, mulher era o próprio corpo do homem.
Com um sorriso um pouco doloroso, acariciou então
o couro feminino da vaca e olhou em torno:
o mundo era masculino e feminino.

Eu antes tinha querido ser os outros para conhecer o que não era eu. Entendi então que eu já tinha sido os outros e isso era fácil. Minha experiência maior seria ser o outro dos outros: e o outro dos outros era eu.

Uma das coisas que aprendi é que se deve viver apesar de.
Apesar de, se deve comer. Apesar de, se deve amar.
Apesar de, se deve morrer. Inclusive muitas vezes
é o próprio apesar de que nos empurra para a frente.

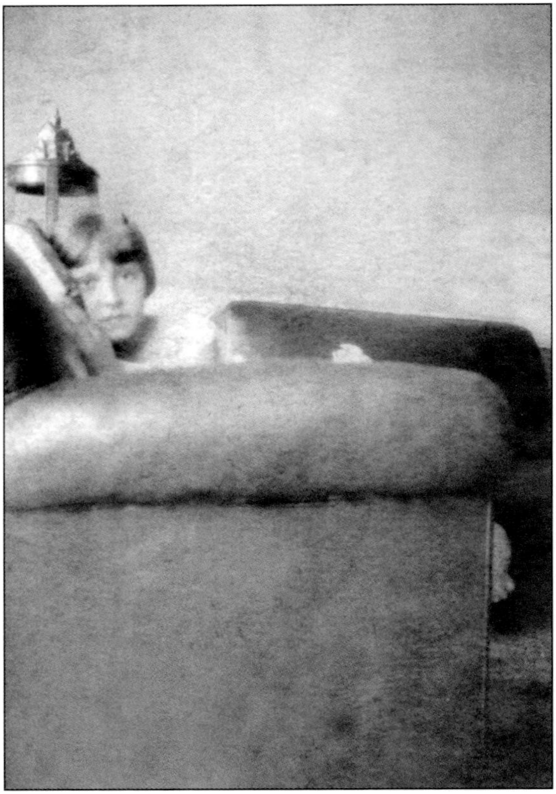

Experimento viver sem passado sem presente e
sem futuro eis-me aqui livre.

E a doçura é tanta que faz insuportável cócega na alma.
Viver é mágico e inteiramente inexplicável.
Eu compreendo melhor a morte.

Tinha a sensação de que a vida corria espessa
e vagarosa dentro dela, borbulhando
como um quente lençol de lavas.

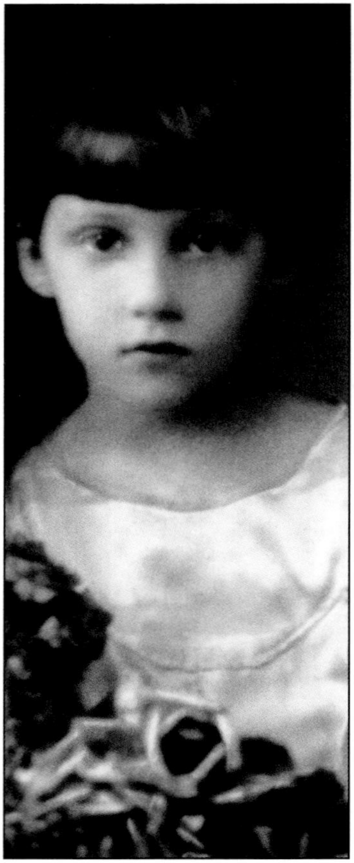

Sentia o mundo palpitar docemente em seu peito,
doía-lhe o corpo como se nele suportasse
a feminilidade de todas as mulheres.

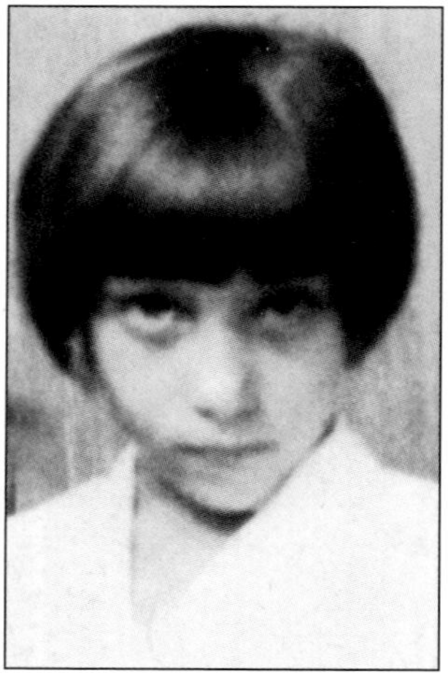

Eu vou lhe dar de presente uma coisa.
É assim: borboleta é pétala que voa.

Ela é tão livre que um dia será presa. "Presa por quê?" "Por excesso de liberdade." "Mas essa liberdade é inocente?" "É." "Até mesmo ingênua." "Então por que a prisão?" "Porque a liberdade ofende."

Ah, meu amor, não tenhas medo da carência:
ela é o nosso destino maior. O amor é tão mais fatal
do que eu havia pensado, o amor é tão inerente
quanto a própria carência, e nós somos garantidos
por uma necessidade que se renovará continuamente.
O amor já está, está sempre. Falta apenas o golpe
da graça – que se chama paixão.

Ah, Deus, e que tudo venha e caia sobre mim,
até a incompreensão de mim mesma em certos
momentos brancos porque basta me cumprir e então
nada impedirá meu caminho até a morte-sem-medo,
de qualquer luta ou descanso me levantarei
forte e bela como um cavalo novo.

Ela entregaria o próprio coração para ser mordido,
ela queria sair dos limites de sua própria
vida como suprema crueldade.

E – não esquecer que a estrutura do átomo não é vista
mas sabe-se dela. Sei de muita coisa que não vi.
E vós também. Não se pode dar uma prova da existência
do que é mais verdadeiro, o jeito é acreditar.
Acreditar chorando.

Eu escrevo como se fosse para salvar a vida de alguém. Provavelmente a minha própria vida. Viver é uma espécie de loucura que a morte faz. Vivam os mortos porque neles vivemos.

Lembrei-me de ti, quando beijara teu rosto de homem. Devagar, devagar beijara, e quando chegara o momento de beijar teus olhos – lembrei-me de que então eu havia sentido o sal na minha boca, e que o sal de lágrimas nos teus olhos era o meu amor por ti. Mas, o que mais me havia ligado em susto de amor, fora, no fundo do fundo do sal, tua substância insossa e inocente e infantil: ao meu beijo teu rosto era insosso e ocupado trabalho paciente de amor, era mulher tecendo um homem, assim como me havias tecido, neutro artesanato de vida.

Fique de vez em quando sozinho, senão você será submergido. Até o amor excessivo dos outros pode submergir uma pessoa.

E eis que depois de uma tarde de "quem sou eu" e
de acordar à uma hora da madrugada ainda
em desespero – eis que às três horas da madrugada
acordei e me encontrei. Fui ao encontro de mim.
Calma, alegre, plenitude sem fulminação.
Simplesmente eu sou eu. E você é você.
É vasto, vai durar.

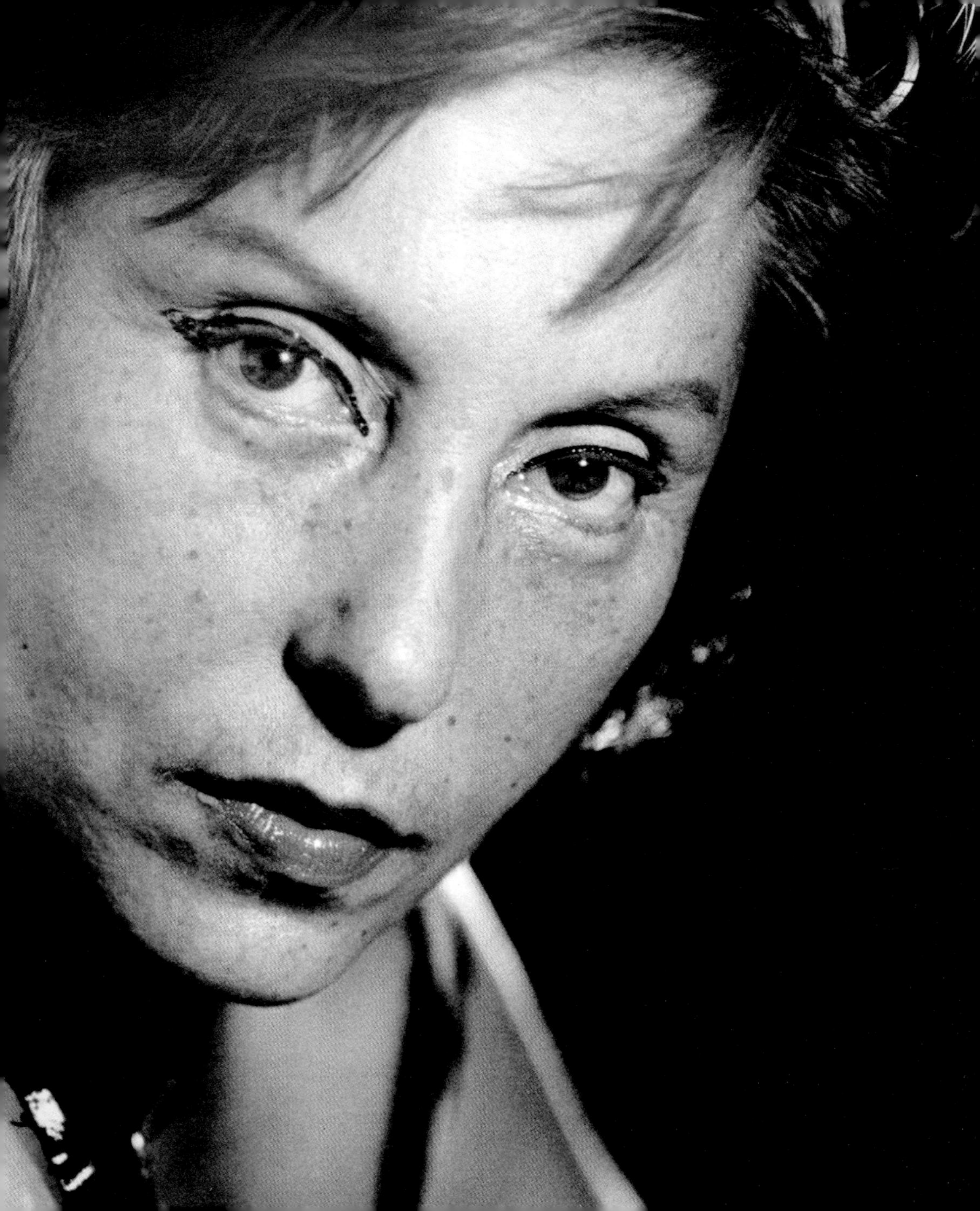

Um dia virá em que todo meu movimento será criação,
nascimento, eu romperei todos os nãos que existem
dentro de mim, provarei a mim mesma que nada
há a temer, que tudo o que eu for será sempre
onde haja uma mulher com meu princípio,
erguerei dentro de mim o que sou um dia. Eu serei
forte como a alma de um animal e quando eu falar
serão palavras não pensadas e lentas, não levemente
sentidas, não cheias de vontade de humanidade,
não o passado corroendo o futuro!

TEXTOS EXTRAÍDOS DAS SEGUINTES OBRAS:

Correspondências. Clarice Lispector – pp. 65, 87,105;
Perto do coração selvagem – pp. 15, 25, 73, 79, 101, 103, 111, 125;
O lustre – pp. 13, 29, 113;
A paixão segundo G.H. – pp. 27, 59, 83,109,119;
Uma aprendizagem ou o livro dos prazeres – pp. 17, 33,35,39, 61,79,81,195;
A hora da estrela – pp. 45,53,115;
Água viva – pp. 9,11,23,41,47,57,63,123;
A descoberta do mundo – pp. 5,19,51;
Um sopro de vida – pp. 21,43,49,55,97,99,107,117;
A cidade sitiada – p. 85;
A maçã no escuro – pp. 7,37,75,91;
Esboço para um possível retrato (de Olga Borelli – Ed. Nova Fronteira) – pp. 31, 67,69,71,89

CRÉDITOS DAS IMAGENS:

Todas as fotografias pertencem ao acervo pessoal da família da escritora, sendo que os retratos das páginas 112,114,116,118,122 são do arquivo da revista *Manchete*; os retratos das páginas 68, 78, 80, 108, 110, 120 são de autoria de Érico Verissimo e a foto da página 124 é de autoria de Alair Gomes.